Elena Ferrante
La muñeca olvidada

Traducción de
Celia Filipetto

Ilustraciones de
Mara Cerri

Lumen

Título original: *La spiaggia di notte*
Primera edición: noviembre de 2016

© 2007, Edizioni e/o
Publicado por acuerdo con The Ella Sher Literary Agency, www.ellasher.com
© 2016, de la presente edición en castellano para todo el mundo:
Penguin Random House Grupo Editorial, S.A.U.
Travessera de Gràcia, 47-49. 08021 Barcelona
© 2016, Celia Filipetto, por la traducción
© 2016, Mara Cerri, por las ilustraciones

Printed in Spain – Impreso en España

ISBN: 978-84-488-4689-3
Depósito legal: B-17.395-2016

Impreso en Gráficas 94

BE 4689C

Penguin
Random House
Grupo Editorial

A Matilde… a los baños Elsa de los años 80.
M.C.

Mati es una niña de cinco años muy habladora, sobre todo conmigo. Soy su muñeca.

Su padre acaba de llegar; viene a la playa todos los fines de semana.

Le ha traído de regalo un gato blanco y negro. Hasta hace cinco minutos, Mati jugaba conmigo; ahora juega con el gato, al que le ha puesto Minú.

Estoy tirada en la arena, al sol, y no sé qué hacer.

El hermano de Mati ha empezado a cavar un hoyo.

Yo no le gusto. Me considera menos que una bolita de moco y me echa encima la arena que saca.

Hace mucho calor.

Pienso en lo último a lo que Mati jugó conmigo. Jugó a que yo saltaba, a que corría, a que me asustaba, a que hablaba y gritaba, a que reía y también lloraba.

Cuando jugamos, yo hablo por los codos y todas las cosas me contestan. Pero aquí sola, medio enterrada en la arena, me aburro.

Pasa un Escarabajo y está tan ocupado en abrirse camino, que ni me saluda.

Más o menos hace una hora, la madre de Mati se ha marchado de la playa para ir a casa. Y ahora su padre también se dispone a irse cargado de bolsas.

—Vamos, Mati, date prisa.

Mati sale de debajo de la sombrilla con su hermano y el gatito.

¿Y yo?

—¡Mati! —grito.

Pero Mati no me oye.

Habla con el gato Minú, solo le hace caso a él, que le contesta.

El sol se ha puesto con luz de rosa.

Llega un vigilante, tiene unos ojos que no me gustan nada. Cierra las sombrillas, recoge las tumbonas. Tiene bigote. Las puntas se mueven sobre su labio como colas de lagartija.

Entonces lo reconozco.

Es el Vigilante Cruel del Ocaso. Mati siempre me habla de él con mucho miedo. Llega a la playa al oscurecer y roba los juguetes de las niñas.

El Vigilante Cruel del Ocaso es altísimo.

Va a llamar a su amigo, el Rastrillo Grande, que es aún más alto que él, y los dos juntos se ponen a peinar la arena.

El Vigilante Cruel del Ocaso canta una canción que dice:

Abre la boca
Traga la caca
Bebe el pipí
Bébelo así
No uses palabras
Es una trampa
Oye qué calma
Si todo calla.

El Rastrillo Grande tiene unos dientes de hierro horrorosos que brillan por el uso. Muerde la arena con ferocidad y avanza.

Tengo miedo, me hará daño, me romperá.

Ya está aquí.

Acabo entre sus dientes junto con trocitos de piedra pómez, conchillas, huesos de ciruela y melocotón.

Me siento un poco magullada, pero estoy entera.

El Vigilante Cruel sigue cantando con una voz que lastima el corazón:

La nariz fuera
Quédate quieta
Limpia tu boca
Te quedas sola.

Todo lo que ha rastrillado va a parar a un montón de ramas secas, arena, pañuelos de papel, bolsas y botellas de Plástico.

Yo acabo lanzada no muy lejos junto con un Caballito de Plástico, un Tapón Metálico, un Bolígrafo, el Escarabajo que pasó abriéndose camino hace un rato y ahora está de espaldas y sacude las patitas.

La luz ya no es rosa sino violeta. La arena se ha entibiado.

Estoy muy triste y también enfadada.

No me gusta ese gato Minú, es más, lo odio. Para colmo tiene un nombre feísimo. Espero que le den vómitos y diarrea y huela tanto que Mati sienta asco y lo eche. A esta hora ya debería haberme dado un baño con ella, y estar cenando con toda la familia, comiendo de su cuchara, un bocado para Mati, otro para mí.

Y fíjate, aquí estoy, panza arriba como este Escarabajo, obligada a escuchar la horrible canción del Vigilante Cruel del Ocaso.

Oscurece. No salen las estrellas, tampoco la luna. El ruido del mar se ha vuelto más fuerte.

¡Qué humedad! Me voy a resfriar. Mati me dice siempre: «Si te resfrías, te dará fiebre». Lo dice tal como su madre se lo dice a ella. Porque Mati y yo también somos madre e hija.

Por eso es imposible que me haya olvidado. En cuanto note que me he quedado en la playa, seguro que viene a buscarme.

A lo mejor es un juego que se ha inventado para asustarme.

El Vigilante Cruel está muy molesto. Se arrodilla a mi lado y le dice al Rastrillo Grande:

—No hemos encontrado ni un brazalete de oro, ni un collar de piedras preciosas. Solo esta fea muñeca.

—¡Que no soy fea! —grito.

El Vigilante Cruel me mira fijamente con ojos de malo. Se toca las colas de lagartija que tiene por bigotes. Después alarga las manos nudosas y sucias, me agarra, intenta abrirme la boca, me zarandea.

—Todavía tiene palabras ahí dentro —le dice al Rastrillo Grande. Después me pregunta—: Cuántas te ha puesto tu mami, ¿eh?

Yo escondo en el fondo de la garganta todas las palabras que Mati me ha enseñado, las que nos sirven para jugar, y me quedo calladita.

—Vamos a ver. En el mercado de las muñecas las palabras de los juegos se pagan muy bien.

El Rastrillo Grande parece asentir y alarga todavía más los dientes como queriendo desgarrarme el pecho. Pero el Vigilante Cruel del Ocaso niega con la cabeza.

Chasquea la lengua y entre sus labios asoma un Anzuelo, pequeño como una gota de lluvia.

El Anzuelo, que cuelga de un repugnante hilo de saliva, baja y se me mete en la boca.

Recojo deprisa todas las palabras de Mati y las oculto en mi pecho. Se me queda rezagado el Nombre que ella me puso. El Nombre está muerto de miedo, se llama a sí mismo:

—¡Celina!

El Anzuelo lo oye y, ¡zas!, lo engancha y me lo arranca con mucho dolor.

Y Celina, mi Nombre, el Nombre que me puso mi Mati, sale volando por el aire, colgado del hilo de saliva del Vigilante Cruel, se cuela entre las colas de lagartija y desaparece dentro de la boca enorme.

El vigilante queda muy decepcionado. No le basta con mi Nombre, me zarandea bien zarandeada.

—¿Celina nada más? —pregunta—. ¿Eso es todo?

El Vigilante Cruel me lanza con rabia entre las ramas secas. Voy a parar cerca del Caballito de Plástico, del Bolígrafo, del Escarabajo. El Vigilante Cruel le pregunta al Rastrillo Grande:

—¿Cuántos euros nos darán por el nombre de una muñeca? ¿Dos? ¿Tres?

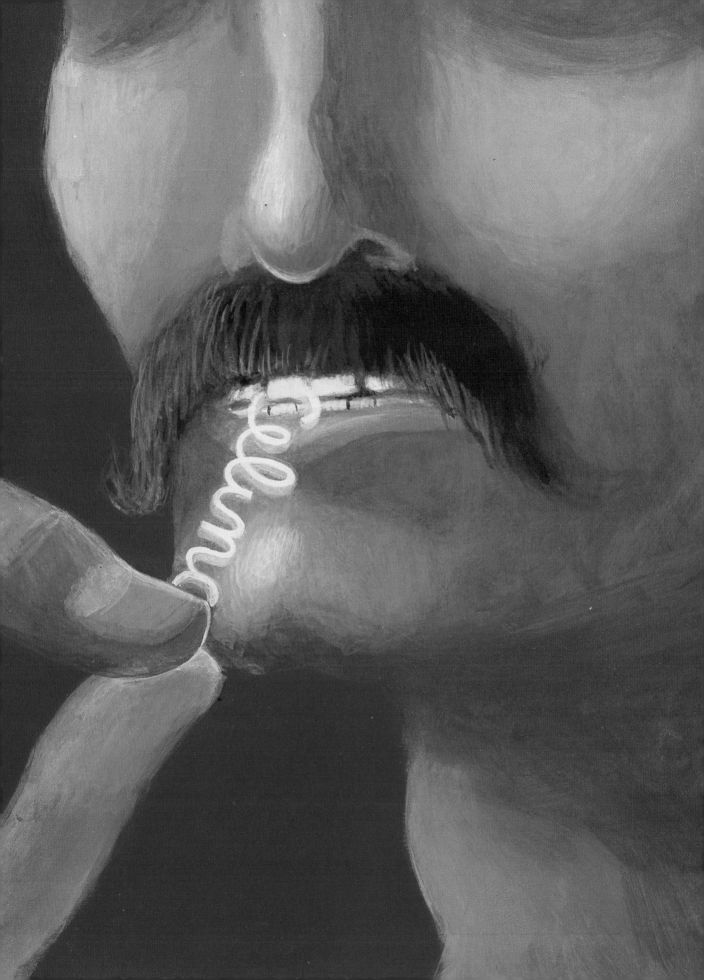

Ay, qué triste estoy.

He perdido para siempre el Nombre que me puso Mati. Ahora soy una muñeca sin Nombre.

Pero me quedo callada, no digo ni una palabra. El Vigilante Cruel sigue ahí, una sombra alargada y oscura. Su voz vuelve a canturrear:

Junto a ese muro
Reina lo oscuro
Vaya qué plaga
Sin las palabras
Todo se guisa
También Celina
Le falta voz
Muñeca atroz.

Se arrodilla y enciende un fósforo. La llama es bonita y cálida. La acerca a la leña seca que enseguida arde. Después se levanta, observa un momento cómo se queman las ramas secas, y se aleja sujetando el Rastrillo Grande en la mano derecha.

Qué a gustito estoy.

Hace calor, ya no noto la humedad, no me voy a resfriar.

Pero veo que el Escarabajo está preocupado, enseguida se ha vuelto a poner panza abajo.

—¿Qué pasa? —le pregunto.

Se aleja deprisa de la luz del Fuego y no lo veo más.

El Fuego es cordial. De vez en cuando chisporrotea, chas, chas, suelta chasquidos alegres y lanza chispas rojas.

También oigo el ruido del mar, ahora un poco más fuerte.

Hay una Ola que viene y va.

Es como una señora elegante, con una cresta blanca de espuma.

—¿Me vas a mojar? —pregunto.

—¡Buuum!

—No te entiendo.

—¡Buuum!

—A mí qué, di lo que te dé la gana, qué me importa si me mojas.

El Fuego arde que da gusto, hace cada vez más calor.

Le grito al Caballito de Plástico:

—Qué bien se está, ¿eh, Caballito?

Le grito al Bolígrafo y al Tapón Metálico:

—Bonita noche, ¿no?

Entonces me doy cuenta de que el Tapón Metálico se ha puesto rojo encendido y el Bolígrafo se retuerce y suelta como una caca negra de tinta mientras silba:

—¡Fiiisss!

Me quedo de piedra. Y un poco nerviosa le digo al Caballito:

—Caballito, tenemos que hacer algo. El Bolígrafo se siente mal.

Entonces descubro que también el Caballito sufre mucho. Las crines y la cola ya se le han derretido con el calor. Su boca es ahora un agujero tan grande como su cabeza. Grita de repente «¡pooof!» y desaparece en una llamarada rojiazul. Qué horror. El Fuego lo quema todo, me quemará a mí también.

—Fuego —suplico—, por favor, no me quemes. Soy la muñeca de Mati, ella se va a enfadar.

El Fuego se inclina enseguida hacia mí, y, con un chisporroteo, me lanza una lengua rojísima:

—¡Guam!

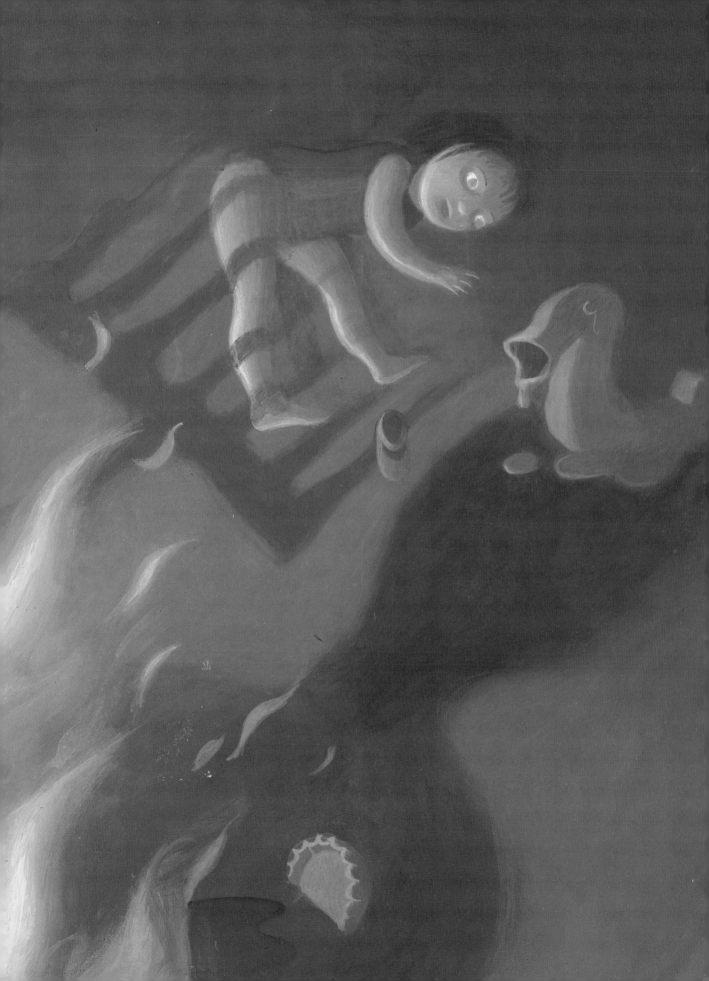

Entonces hablo con la Ola y le digo:

—¡Socorro, Ola! Soy la muñeca de Mati. Esta mañana nos enjuagaste el culito lleno de arena con tu agua, ¿te acuerdas?

La Ola golpea con fuerza contra la orilla negra.

—¡Buuum!

Por si eso fuera poco, oigo que el Vigilante Cruel del Ocaso retrocede y le dice con voz ávida al Rastrillo Grande:

—¿Has oído? La muñequita habla. ¡Y cómo! Vamos, deprisa. Mañana venderemos todas sus palabras en el mercado de muñecas y nos haremos ricos.

Ahora estoy asustada de verdad.

Cuando estaba Mati, solo tenía que dirigirme a cualquier objeto, a cualquier animal y me contestaban de forma clara y comprensible. Si las personas, los animales y las cosas se portaban mal, les soltábamos un par de gritos y nos dejaban en paz. También cuando los niños querían pegarnos, besarnos, vernos las bragas, mearnos los pies con sus colitas, al final seguro que ganábamos nosotras.

¿Y ahora?

Sin Mati, no sé cómo arreglármelas.

La Ola habla, pero no la entiendo.

El Fuego me saca la lengua y quiere quemarme como ha hecho con el Bolígrafo y el Caballito.

El Vigilante Cruel y el Rastrillo Grande ya me han quitado mi Nombre y ahora me quieren robar todas las palabras de Mati. ¿Me convertiré en una muñeca tonta y muda o que dice siempre las mismas palabras grabadas?

Mati, mami, ¿dónde estás?

Soy tu muñeca, no me abandones.

Mati, mira que si no vienes ahora mismo a salvarme, si dejas que me queme, lloro, ¿eh?

Al final el Fuego lo ha conseguido. Se ha inclinado hacia delante y me ha agarrado por el dobladillo del vestido azul.

—Flus —dice, y ahora la tela se quema y huele muy, pero que muy mal.

—Fuego malo —le echo en cara, pero él repite «flus», se estira todavía más, me roza una mano con su aliento caliente.

El Vigilante Cruel intenta atraparme con el Rastrillo Grande, hunde los dientes de hierro entre los tizones para sacarme y levanta un montón de chispas.

Pienso por última vez en Mati, en su camita limpia. Pienso en lo a gustito que se está por la noche, acurrucada en su pecho de mamá dormida. Nunca más volverá a ser así.

Seguro que ahora estará durmiendo con su gato. Su amor por mí se ha terminado.

No quiero que el Rastrillo Grande me agarre. Prefiero quemarme y conservar en mi pecho las palabras de los juegos con Mati.

A mí qué.

Y llega la Ola.

Está muy crecida. Su boca blanca, en lo alto de un cuerpo muy nervioso de agua negra, me pasa por encima, se abalanza sobre el Fuego y el Rastrillo Grande con este grito:

—¡Buuummm!

El Rastrillo Grande, con los dientes al rojo vivo, en contacto con el agua, suelta una nubecita blanca de vapor.

El Fuego se apaga, peor para él.

Quiero decir: «Gracias, Ola», pero enseguida salgo rodando, arrastrada por el agua.

Todo echa a rodar: las conchillas, los trocitos de piedra pómez, los carbones, los carboncillos, la Ola, yo.

Voy a parar al Mar.

—Señor Mar —digo—, han sido muy amables, usted y su Ola, al salvarme, pero ahora lléveme de nuevo a la orilla, gracias.

El Mar no contesta. Y aunque lo hiciera, no podría satisfacer mi petición.

Porque ahora, en el Mar se ha desatado una Tempestad Nocturna.

La Tempestad es una señora con un traje larguísimo de color azul oscuro. En la cabeza lleva una corona de Rayos y tiene una voz muy atronadora, porque por la boca ancha le salen Truenos sin parar.

El Mar, por la gran agitación que le causa la Tempestad, se pone como cuando en casa Mati y yo jugamos en la bañera a que estamos en el Mar Agitado, y el suelo acaba perdido de agua y entonces viene la mamá de Mati y grita:

—¡Fuera de la bañera ahora mismo, mirad cómo lo habéis dejado todo!

Pero aquí no viene nadie.

Estoy sola.

Y a la Ola ya no la reconozco.

Hay muchísimas, se persiguen unas a otras y compiten a ver cuál llega más alto.

Entonces suplico:

—Señora Tempestad Nocturna, cálmese, por favor. Señor Relámpago, no me deje ciega. Señor Trueno, no me deje sorda.

Y enseguida el Vigilante Cruel, muy, pero que muy enojado, en la playa le grita al Rastrillo Grande:

—¿La has oído? ¡Sigue hablando, debemos atraparla!

Y así, el agua que tengo en la boca se me va a la barriga y me ahogo.

Y me hundo, me hundo, me hundo.

Llego al fondo.

Acabo entre Peces, Latitas, Botellas de vidrio rotas, dos Cangrejos, una Estrella de mar.

Me tumbo en la arena. Qué a gustito se está.

La Tempestad Nocturna se ha vuelto un ruido lejano. El agua se mueve apenas, como Mati cuando me mece.

¿Cuánto tiempo habrá pasado?

Estoy muda como un pez, un cangrejo, una estrella de mar.

Las palabras que Mati me ha enseñado están en calma. Flotan en mi pecho, en mi barriga. A veces nadan hasta mi boca, pero en silencio, como cuando están dentro de los libros o dentro de la cabeza de la mamá de Mati que lee y no quiere que la molesten.

Cuánta paz.

Y entonces baja un Anzuelo.

El Anzuelo es pequeño como una gota de lluvia y cuelga de un hilo reluciente de saliva.

Se me mete en la boca, porque la tengo siempre abierta. Estoy tan llena de agua que no consigo apartar a tiempo las palabras y esconderlas en el pecho o en la barriga.

El Anzuelo consigue que una lo muerda y tira. Las demás palabras se apretujan entre sí, aterradas, forman una cadena. Yo tiro de una punta, el Anzuelo tira de la otra y en el medio están las palabras que se mantienen abrazadas.

Estoy furiosa. He perdido mi Nombre, pero no quiero perder nada más.

Con estas palabras Mati y yo hemos sido felices.

Con estas palabras ella hablaba y me hacía hablar a mí, hacía hablar a los animales, hacía hablar a las estrellas, las nubes, los granitos de arena, el agua de mar, los rayos, los truenos, las sombrillas y las tumbonas, todas las cosas.

Si el Anzuelo colgado del repugnante hilo de saliva consigue quitármelas, ya no me acordaré de nada, no sabré decir nada más, ni siquiera el querido nombre de Mati.

El Vigilante Cruel del Ocaso y el Rastrillo Grande las venderán en el mercado y apuesto a que el gato Minú las comprará todas.

El Anzuelo da un fuerte tirón.

Tomadas de la mano, las palabras suben a toda velocidad hacia la superficie del Mar.

Por un pelo consigo cerrar la boca y guardarme la última que me queda: «mamá».

Aprieto entre los dientes la palabra «mamá» y subo, y subo, y subo. Mientras voy hacia la superficie colgada de mis propias palabras, oigo la voz malvada del Vigilante Cruel del Ocaso que canta a voz en cuello:

Los nombres robo
La lengua corto
Con precisión
Y esta canción
Cantada a coro
Es un tesoro
Vivo de afecto
Todo perfecto
Tu pecho rajo
Y así te mato.

El repugnante hilo de saliva se estira más y más, un último tirón y salgo del agua junto con la cadena vocinglera de Palabras.

La noche toca a su fin.

Vuelo por el aire anaranjado del Alba apretando con fuerza entre los dientes la «ma» de «mamá». Estoy a punto de ir a parar a la arena cuando pasa corriendo un Animal Oscuro. Me agarra al vuelo entre los dientes y sigue corriendo.

El Anzuelo se desprende, el hilo de saliva se rompe. Las palabras vuelven a mi boca con un chasquido, como el de un elástico.

El Vigilante Cruel del Ocaso pierde el equilibrio y cae encima de los afilados dientes de hierro del Rastrillo Grande.

El Vigilante cruel grita sin parar: «¡Ay, ay, ay!».

Pero los dientes del Animal Oscuro son delicados.

El Animal Oscuro aprieta poco, me calienta con su aliento.

Corremos por la playa, que está toda mojada por culpa del Mar Agitado y de la Tempestad Nocturna.

Menos mal que el Sol está saliendo y la secará toda.

Este Animal Oscuro tiene unos bigotes largos que me hacen cosquillas.

Cruzamos el pinar a la carrera.

Oigo el canto de los pajaritos, el ruido de las piñas al caer sobre la pinaza. Oigo también el llanto desesperado de una niña. Conozco ese llanto.

El aliento del Animal Oscuro se vuelve más y más cálido. Deja el sendero, trepa al tronco de un enorme pino marítimo, corre por una rama y, de un salto, entra por una ventana.

Aquí está la niña que llora.

Se ha pasado la noche llorando, tiene la cara roja y empapada de lágrimas. Ni su madre, ni su padre, ni su hermano han podido consolarla.

La niña es Mati, mi Mati.

Solo se tranquiliza cuando el Animal Oscuro me deposita con delicadeza sobre su cama.

—¡Celina! —grita, y me estrecha y me besa.

¡Ay, qué alegría!

Los padres de Mati se van a descansar un rato.

Y también su hermano, siempre tan antipático, se echa en su cama y se queda dormido. Ahora ronca.

—Estoy muy contenta de que hayas vuelto —me dice Mati.

—Yo también —contesto, y enseguida le cuento—: ¿Sabes que el Rastrillo Grande y el Vigilante Cruel del Ocaso estuvieron a punto de matarme?

—Lo sé —dice Mati que siempre lo sabe todo, es una mamá perfecta.

Después le habla al Animal Oscuro de los bigotes y le dice conmovida:

—Gracias.

—De nada —responde él, me sonríe y, tendiéndome la pata, se presenta—: Mucho gusto, el gato Minú.

—Me llamo Celina —digo yo.

—¡Qué bonito nombre! —dice el gato.

—Minú tampoco está nada mal —comento.

Estoy tan contenta de haber recuperado mi Nombre que hasta consigo alegrarme por el suyo.

Nadie sabe quién es **Elena Ferrante,** y sus editores de origen procuran mantener un silencio absoluto sobre su identidad. Alguien ha llegado a sospechar que sea un hombre; otros dicen que nació en Nápoles para trasladarse luego a Grecia y finalmente a Turín. La mayoría de los críticos la saludan como la nueva Elsa Morante, una voz extraordinaria que ha dado un vuelco a la narrativa de los últimos años. El éxito de crítica y de público se refleja en artículos publicados por periódicos y revistas tan notables como *The New York Times* y *The Paris Review*. En 2010, Lumen publicó un volumen titulado *Crónicas del desamor*, donde se reunían tres novelas publicadas por Ferrante a lo largo de los años, dos de las cuales fueron llevadas al cine. Luego vino la saga *Dos amigas*, compuesta por *La amiga estupenda, Un mal nombre, Las deudas del cuerpo* y *La niña perdida*, un cuarto volumen que cierra una obra destinada a convertirse en un clásico de la literatura europea del siglo XXI.

«No me arrepiento de mi anonimato. Descubrir la personalidad de quien escribe a través de las historias que propone, de sus personajes, de los objetos y paisajes que describe, del tono de su escritura, no es ni más ni menos que un buen modo de leer.» Elena Ferrante en una entrevista vía mail de Paolo di Stefano para el *Corriere della Sera*.

Mara Cerri es una de las mejores ilustradores europeas y colabora con revistas y periódicos como *Il Manifesto, L'Internazionale* y *Lo straniero.*

Este libro se terminó de imprimir
en noviembre de 2016.